Um avô, sim

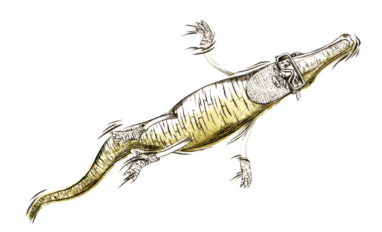

Título original *Un abuelo, sí*
© Nelson Ramos Castro (texto), 2010
© Ramón París (ilustrações), 2010
Publicado pela primeira vez em espanhol por Ediciones Ekaré, Barcelona, Espanha.

Coordenação editorial e preparação Cláudia Ribeiro Mesquita
Revisão Liliane Fernanda Pedroso

Edição de arte Leonardo Carvalho
Assistente de arte Renata Milan
Diagramação Station One Art Studio
Produção industrial Alexander Maeda
Impressão Bartira

Dados Internacionais de Catalogação na Publicação (CIP)
(Câmara Brasileira do Livro, SP, Brasil)

Castro, Nelson Ramos,
   Um avô, sim / Nelson Ramos Castro; ilustrações Ramón París; tradução Cláudia Ribeiro Mesquita. — 2. ed. — São Paulo: Edições SM, 2017.

   Título original: Un abuelo, sí
   ISBN 978-85-418-1251-1

   1. Literatura infantojuvenil I. París, Ramón. II. Título.

17-06221   CDD-028.5

Índices para catálogo sistemático:
1. Literatura infantil 028.5
2. Literatura infantojuvenil 028.5

Grafia conforme o novo Acordo Ortográfico da Língua Portuguesa

1ª edição brasileira março de 2012
2ª edição 2017

Todos os direitos reservados a
Edições SM
Rua Tenente Lycurgo Lopes da Cruz, 55
Água Branca 05036-120 São Paulo/SP Brasil
Tel. (11) 2111-7400
www.edicoessm.com.br

Um avô, sim

Nelson Ramos Castro

ilustrações
Ramón París

tradução
Cláudia Ribeiro Mesquita

Meu avô me deu um cachorro preto que se chama Mariscal.

Mariscal brinca com meu avô e corre pelo jardim.

Nós três brincamos de pega-pega. Minha mãe fica assustada e, às vezes, chateada.

Então Mariscal brinca com ela também. Ela reclama o tempo todo de nós três.

Toda criança deveria ter uma mascote.

Um peixinho, uma tartaruga, um burro, um elefante, uma baleia...

Uma baleia, não.

Mamãe disse que ficaria louca tomando banho de banheira com uma baleia.

Toda criança deveria ter uma mascote.

Um pássaro, uma ovelha, um cavalo, uma girafa, um tigre...

Um tigre, não.

Mamãe disse que ficaria louca comendo com um tigre à mesa.

Toda criança deveria ter uma mascote.

Uma arara, uma cegonha, uma cobra, um jacaré, um gorila...

Um gorila, não.

Mamãe disse que ficaria louca fazendo ginástica com um gorila.

Toda criança deveria ter uma mascote.

Um gato, um sapo, uma rã... um cachorro como Mariscal. Ah, e um avô!

Um avô, sim!

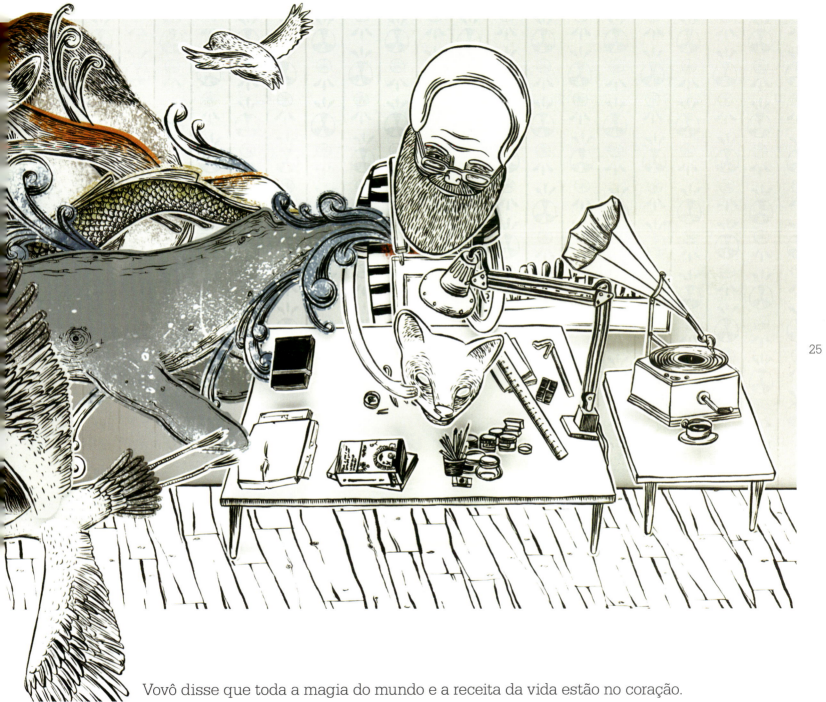

Vovô disse que toda a magia do mundo e a receita da vida estão no coração.

E então late, relincha, ruge, pia, mia, muge, bale e uiva de coração.

Que bom que é ter um avô assim!

Nelson Ramos Castro nasceu em 1951. Formou-se pela Faculdade de Educação da Universidade Central da Venezuela, exercendo desde muito jovem a docência e o trabalho como escritor com publicações em revistas de prestígio, como a *Tricolor*. Nelson gosta de ilustrar seus próprios livros, é apaixonado por música, *tai-chi* e sorvete. Atualmente, é professor do Instituto Pedagógico de Caracas, Venezuela, e ministra oficinas de percussão com maracas e guiro.

Ramón París nasceu em Caracas, Venezuela, em 1969. Trabalhou como ilustrador e diretor de arte para jornais e revistas desde o final da década de 1980 e, em 2000, fundou o 3erMundo, um estúdio de animação e ilustração onde está até hoje. Ramón recebeu prêmios importantes como o BDA (Broadcast Design Association, Nova York) e participou de inúmeros festivais de curtas com duas produções de sua autoria. Ele vive em Barcelona, Espanha.

FONTE Serif STD 45 Light
PAPEL Couché 150 g/m²